Holger H. Haack

Käpt'n Kuddels

Eisprinzessin

Fantastische Geschichte

Bibliografische Information der Deutschen Nationalbibliothek:
Die Deutsche Nationalbibliothek verzeichnet diese Publikation in der Deutschen
Nationalbibliografie; detaillierte bibliografische Daten sind im Internet über http://dnb.dnb.de
abrufbar.

Umschlaggestaltung plus 2 Bilder im Buch: Christian Kohls Design, Würgassen, D
Lektorat: Gertrude van Dam
Korrektorat: Gertrude van Dam
Zeichnung im Buch: Holger H. Haack

Verlag: BoD · Books on Demand GmbH, In de Tarpen 42, 22848 Norderstedt
Druck: Libri Plureos GmbH, Friedensallee 273, 22763 Hamburg

ISBN: 978-3-7693-0409-1

Pour Julian et Léna
De leur grand-père

DIE EISPRINZESSIN

„Opa, erzählst du uns eine Geschichte? Bitte!" „Oh, ja Opa! Gute Idee von Julian, ich würde mich auch freuen, eine Geschichte zu hören!" „Julian, Léna, mien Jung, mien Deern, natürlich erzähle ich euch eine Begebenheit aus meiner Vergangenheit. Passt gut auf und zieht euch eine Jacke an, denn jetzt wird es sehr kalt. Also passt genau auf:

Ich fuhr als Kapitän auf einem Forschungsschiff in die Arktis. Wir fuhren rechts an Grönland lang und wollten nördlich des 80igsten Breitengrad-Nord nach Backbord abbiegen und etwas südöstlich des Independence Fjord nach Süden fahren. Dort wollten wir in ,Kronprinz Christian Land' an Land gehen und zur Station Nord. Diese Station Nord liegt ungefähr zwanzig Kilometer westlich von der Anlegestelle. Das Land ist hügelig und mit Schnee und Eis bedeckt.

Unser Funker an Bord hatte bereits Kontakt mit unserem Führer an Land. Der Funker informierte mich über seine Position und unser Schiff ankerte unmittelbar in der Nähe der Hundeschlittenstation, in der unser Führer wartete. Wir machten das große Beiboot klar für die Fahrt zum Land.

Wir, das heißt unser Steuermann Jürgen, den ich mithaben will, da ich mich auf ihn völlig verlassen kann und wir befreundet sind, als auch Hans, einer von unseren Matrosen, den ich ebenso gut kenne, sowie fünf Wissenschaftler mit ihren Geräten und ich, fahren also mit unserem Beiboot bis zum Strand, wo wir an Land wollen. Wir fahren also direkt hinüber.

Das Boot fährt auf den Strand, der eisfrei ist und Jürgen und Hans springen vorne von Bord auf den trockenen Boden. Von dort aus helfen sie den Wissenschaftlern das Boot zu verlassen. Ich bin als letzter im Boot und reiche die Geräte und das andere Gepäck an. Jürgen und Hans stellen es an Land. Als Letzter springe ich vorne vom Boot und gehe den Strand hinauf, während hinter mir Jürgen und Hans das Boot befestigen, damit es nicht abtreiben kann.

Wir brauchen es wieder für die Rückfahrt am nächsten Tag. So ist es geplant. Am Strand treffe ich auf unseren Führer, der uns nun zur Station Nord bringen soll. Ich stelle unserem Führer alle Leute vor und auch er sagt uns seinen Namen: Lars Peterson.

Lars: „Ich heiße Sie in unserem Land Willkommen und informiere Sie darüber, dass die Station Nord in einem Tal liegt. Es ist fast immer Schnee- und Eisfrei. Das ist die gute Nachricht. Aber bis wir dort sind, müssen wir über einige Berge und Hügel die Schnee- und Eisbedeckt sind. Dies geht nur mit Huskys, den Schlittenhunden, die uns auf mehreren Schlitten dorthin ziehen werden. Im Tal selber holt uns ein Wagen ab, da dort die Schlitten nicht mehr weiterkönnen."

Ich informiere auch: „Ich muss die fünf Wissenschaftler zu dieser Station bringen und ich werde von meiner Rederei persönlich dafür verantwortlich gemacht, dass sie heil und gesund dort ankommen. Es ist zwar nicht üblich, dass der Kapitän das Schiff verlässt um an einer Expedition teilzunehmen, aber so lautet nun mal mein Vertrag mit der Rederei und ich muss mich fügen. Manchmal muss man im Leben etwas tun, was man nicht will. Ich habe dem ersten Offizier das Kommando über das Schiff übertragen, während ich weg bin."

Unser Führer, der wie wir auch, in einem dicken Pelzmantel auf uns gewartet hatte, nickt mir zu, denn er hat mich ganz genau verstanden.

Unsere Gruppe besteht aus den fünf Wissenschaftlern, unserem Führer mit drei Schlittenführern, dem Steuermann Jürgen, dem Matrosen Hans und mir. Für das Gepäck ist unser Führer verantwortlich.

Wildes Geknurre und Gebell lässt uns aufhorchen. Ein wildes Jagen von einem Hundegespann. Die Wissenschaftler springen alle zur Seite, weg von den Schlitten.

Die Leine hat sich verknotet und der Führungshund ist auf einen anderen Hund losgegangen und versucht ihn zu verbeißen, da dieser hinter ihn gehört. Aber der andere Hund kann nicht weg, da sich die Leine verknotet hat, also beißt er zurück. Lars springt sofort zu den Hunden und versucht den Führungshund durch ein Stück Fleisch abzulenken. Auch er darf sich nicht mit dem Führungshund anlegen. Das könnte böses Blut geben. Er lenkt den Führungshund ab, macht ihn los und bindet ihn alleine hinten an einen Schlitten. Er sieht auf und guckt zu uns: „Sie", er deutet auf mich: „Kommen

Sie her und freunden Sie sich mit dem Führungshund an. Dadurch lernt er Sie gleich kennen." Ich gehe sofort zu ihm und helfe ihm den Hund abzulenken. Lars geht nun zu den anderen Hunden. Nach einer Weile hat Lars die Leine entwirrt und schaut nach dem Führungshund. Der liegt nun friedlich im Schnee neben mir und wedelt leicht mit dem Schwanz, während er am Knochen nagt. Ich rede mit ihm.

„Gut, Sie scheinen sich gut mit ihm zu verstehen, dann gehen Sie mit auf seinen Schlitten. Sie können ihn selber einspannen." Ich tue wie mir geheißen und spanne den Führungshund wieder an die Leine, der Schlitten ist wieder beruhigt. Inzwischen sind die anderen Schlittenführer gekommen und kümmern sich um ihre Schlitten

Wir zwölf Personen haben fünf Schlitten. Eigentlich sind es nur vier, denn zwei sind fest zusammengekoppelt. Jeder Schlitten hat acht Hunde. Der fest angehängte Schlitten ist nur für das Gepäck. Dieser Doppelschlitten, der mit zwei Wissenschaftler bestückt ist, wird von unserem Führer gefahren. Er ist der langsamste und fährt voran. Auf dem zweiten sind zwei Wissenschaftler und der Schlittenlenker, auf dem dritten Schlitten sind neben dem Schlittenlenker noch ein Wissenschaftler und Hans. Der letzte Schlitten wird von dem Schlittenfahrer, Jürgen und mir belegt.

Ich habe darum gebeten auf dem letzten Schlitten zu fahren, denn ich will sicher sein, dass ich niemanden unterwegs verliere. Es ist immerhin möglich, ja sogar wahrscheinlich, dass wir durch Schnellfälle oder Nebel fahren und auch ein Schlitten könnte eventuell eine Panne haben oder die Schlittenhunde könnten sich wieder in der Leine verheddern und dadurch ein Schlitten zum Stillstand kommen. All diese Risiken will ich vermindern, indem ich auf dem letzten Schlitten fahre und so alle anderen im Auge behalten kann.

Da die Station ungefähr zwanzig Kilometer östlich liegt, kann diese Fahrt den ganzen Tag dauern, denn der Weg ist unübersichtlich und das Wetter kann spontan zu Schneefall umschlagen. So fahren wir los und ich mit einem unguten Gefühl als Letzter hinterher. Nach einigen Minuten halten wir an, denn einer der Führungshunde will nicht direkt hinter einem anderen Schlitten laufen. Also wird beschlossen, dass der Schlitten mehr Abstand zu den Vorderen hält und es geht nun ohne Probleme weiter. Das Wetter ist sehr bedeckt und es riecht nach Schnee. Wir haben Schutzbrillen auf, damit der Fahrtwind nicht in die Augen beißt.

Die Hunde rennen, als wenn der Teufel hinter ihnen her wäre. Wir kommen gut voran und meine Sorgen verfliegen ein wenig, denn die Fahrt macht Freude und es ist schön sich die Hunde anzusehen, wie sie voll Elan voranziehen. Da der Schnee von den anderen Schlitten aufgewirbelt wird und ich auf dem Letzten bin, trage ich eine Mütze mit Sehschlitzen für die Augen und darüber die Brille. Immer wieder muss ich die Brille saubermachen, da sie sich mit Schnee vollsetzt, ebenso wie mein Bart. Scheinbar folgen wir einem Weg, den ich zwar durch das Aufwirbeln des Schnees, nicht erkennen kann, aber unser Führer Lars und seine Schlittenführer wohl kennen. Außerdem sieht er vorne besser als ich hinten.

Plötzlich werden die Schlitten vor mir langsamer und merke, dass die Strecke unangenehmer zu fahren ist. Der Weg wird rauer und die Hunde haben mehr zu ziehen. Es geht aber voran.

Es ist inzwischen Mittag vorbei und wieder haben wir einen der vielen Hohlwege durchquert, aber das Wetter ändert sich nicht. Es bleibt grau und kalt. Keine Sonne zu sehen. Auch der Weg bleibt langsam. Ich bewundere die

Hunde, denen es anscheinend gar nichts ausmacht, ja, die sogar Freunde daran zu haben scheinen, diese Strecke zu bewältigen. Nun geht es bergan und die Hunde werden noch langsamer. Aber nach einer Weile wird der Weg wieder glatter und die Hunde ziehen wieder schneller, obwohl es weiter bergan geht. Auf diesem Weg sind viele Schlittenspuren zu sehen. Das macht mich froh, denn ich schließe daraus, dass wir auf einem Hauptweg sind und bald unser Ziel erreichen. Mein Zeitgefühl ist verloren gegangen und ich kann nicht einschätzen wie lange wir schon gefahren sind oder wie weit es noch bis zu unserem Ziel ist. Durch das ständige ins Weiße schauen und durch das Grau des Wetters verliere ich jegliches Zeitgefühl. Gottseidank hat es bis jetzt nicht geschneit, so dass ich immer alle Schlitten im Auge behalten kann.

Langsam habe ich das Gefühl, dass die Berge immer näher an uns heranrücken. Tatsächlich geht es nach einem Tal wieder bergan. Langsam, aber sicher erreichen wir einen Gipfel. Bald überfahren wir die Wasserscheide und es geht wieder bergab. Nun muss ich die Bremse betätigen, damit der Schlitten nicht in die Hunde fährt. Die Hunde laufen fast nur noch ohne Belastung der Schlitten. Wir biegen in einen Schneehohlweg ein. Der Weg wird wieder ebener. Hier hat eine Schneefräse einen Weg durch den Schnee gefräst. Es gab wohl einen Lawinenabgang. Also gibt es hier auch Fahrzeuge. Mir ist klar, dass es ein Kettenfahrzeug sein muss. Ich kann die Spuren deutlich im Schnee sehen. Der Weg ist recht schmal, maximal drei Meter breit und die Wände sind drei bis vier Meter hoch. Ich habe das Gefühl durch einen Tunnel zu fahren. Dieses Weiß der Wände, der Umgebung und das Grau des Himmels ermüden meine Augen. Ich bin froh die Mütze mit den Sehschlitzen und die Schneebrille zu tragen. Ich kann bereits ein großes Tal vor mir sehen. Rund um mich herum sind die Berge nur weiß, wie schon die ganze Strecke nur weiß war. Ich frage mich, wie lange es wohl noch dauern wird, denn wir sollten nun aber bald mal am Ziel sein.

Ganz plötzlich haben wir das Tal erreicht und alle stoppen. Auch unser Schlitten bremst ab und die Hunde bleiben auf Befehl stehen. Etwas steif steige ich vom Schlitten und laufe nach vorne um zu sehen, was denn die Ursache ist.

Dort sehe ich schon unsere Passagiere um den Führer stehen und miteinander diskutieren. Ich erkenne nun auch selber, warum wir stehen. Wir sind im schneefreien Tal angekommen. Einhundert Meter weiter geht nichts mehr mit den Schlitten. Wir müssen umsteigen. Unser Führer Lars hat bereits ein Funkgerät in der Hand und ich höre ihn mit einer anderen Person reden. Es geht darum, dass wir ein Fahrzeug bekommen, damit wir weiterkönnen. Das ganze Gepäck ist einfach zu viel um es bis zur Station Nord zu tragen. Es sind wissenschaftliche Geräte dabei und diese sind zu umfangreich und auch zu schwer. Also warten wir auf das versprochene Fahrzeug. Unser Führer versucht zu beruhigen. Ich höre ihn sagen: „Männer, beruhigen Sie sich, es wird nicht länger als fünfzehn Minuten dauern." „Doktor bitte, soviel Zeit muss sein!", kommt es von einem der Wissenschaftler. „Wir werden gebraucht, ohne mich geht es nicht! Sie müssen sich beeilen!" „Unsere Geräte müssen so schnell wie möglich ins Trockene. Es ist unverantwortlich, wie Sie diese Reise organisieren!"

Mein Steuermann Jürgen kommt zu mir und zuckt die Schulter und kommentiert: „Die Herren Forscher sind wohl sehr ungeduldig. Man kann doch mal eben fünfzehn Minuten warten!" Ich nicke nur mit dem Kopf und antworte: „Du sagst es. Sie kommen alle immer noch früh genug zu spät. Haha!" Die Schlittenführer haben den vorderen Schlitten abgepackt und fahren mit den Schlitten davon. Die Organisation der Schlittenführer fasziniert mich, denn es hatte einer der Schlittenführer hier an dieser Stelle gewartet und nimmt nun den Schlitten von unserem Führer Lars mit. Die Organisation der Station scheint nicht so gut zu klappen, denn es ist immer noch kein Wagen da.

Ich beobachte die Wissenschaftler, die nun miteinander sprechen. Die einen sind aufgeregt, die anderen wollen beruhigen. Ich versuche sie einzuordnen. Wahrscheinlich sind die Aufgeregten zum ersten Mal unterwegs, während die Ruhigen schon alte Hasen sind, die bereits öfter gereist sind. Es kann natürlich auch andersherum sein. Möglich ist alles. Ich sehe zwei Lichter auf uns zukommen. Das wird wohl das Auto sein, dass uns abholt. Tatsächlich fährt ein Kleinbus auf uns zu und hält direkt vor uns an. Nachdem alle Personen eingestiegen sind, verteilen wir das Gepäck, das nicht mehr in den Kofferraum hinten hineinpasst, auf die Personen vorne auf den Sitzen. Wieder gibt es Diskussionen: „Das ist unmöglich, was Sie hier machen, das Gerät kann doch nicht auf meinen Schoß. Es ist viel zu schwer. Was glauben Sie denn, was ich bin. Ein Gepäckhalter? Herr Kapitän, können Sie nicht ein Machtwort reden. Es ist doch unmöglich diese kostbaren Geräte auf Personen zu laden!"

„Sie hatten es doch eben noch so eilig. Nehmen Sie es. Wir sind ja gleich da!" Lars Petersen lässt sich nicht aus der Ruhe bringen. Trotz der Beschwerden ist bald alles verstaut und die Reise kann weitergehen.

Nach zehn Minuten sind wir endlich an der Station Nord angelangt. Ich bin froh, dass alle gut angekommen sind und sehe, wie die Wissenschaftler begrüßt und abgeholt werden. Uns nickt man zu und ich mache mich gedanklich schon auf den Rückweg. Morgen Abend können wir wieder an der Küste und auf unserem Schiff sein. Es ging ja bis jetzt doch besser als erwartet.

Der Auftrag ist erledigt. Wunderbar! Ich nehme meine Brille und meine Mütze ab. Nachdem die Wissenschaftler abgeholt wurden, kommt Lars auf mich zu und bittet: „Kapitän, kommen Sie mit in die Unterkunft. Es gibt noch einige Formalien zu erledigen. Außerdem kann ich Ihnen zeigen, wo Ihre Unterkunft ist. Auch ihre beiden Kollegen können gleich mitkommen."

„Ja, gut. Wir können gehen." Ich greife mir meine Tasche und auch Jürgen und Hans greifen ihren Seesack und wir gehen zusammen in eine Holzbaracke. Hier ist es sehr warm, sodass wir sofort unseren Pelzmantel und unsere Jacke ausziehen, genauso wie unser Führer. Es ist nicht gut zu schwitzen, auch wenn wir nun in einem Haus sind. Mit Schweiß sollte man nicht in den Frost gehen. „Sie können sich an den Tisch setzen, ich hole die Papiere. Einen kleinen Moment, bitte." Wir setzen uns, aus meinem Bart tropft der Schnee auf den Tisch.

Unser Führer Lars verschwindet und kommt nach einer Minute wieder mit Papieren in der Hand. Es sind die Formulare für die Bezahlung unseres Führers.

„Lars, warum wollen Sie jetzt schon die Unterschrift? Sie führen uns doch noch wieder zurück an die Küste!"

„Tut mir leid, aber das geht nicht. Ich werde für eine andere Expedition, morgen früh, gebraucht. Es wird Sie morgen jemand anderes führen. Er ist zwar noch sehr jung, aber diesen Weg kennt er genauso gut wie ich. Da ich morgen sehr früh aufbrechen muss, ist es wichtig, dass die Formalien jetzt erledigt werden. Ich brauche meinen Schlaf und werde mich sofort nach dem Essen hinlegen. Ich baue auf ihr Verständnis." „Wo treffe ich unseren Führer morgen früh für die Heimfahrt?" „Er wird Sie beim Frühstück ansprechen. Sie sind ja die einzigen Fremden hier und er wird Sie an ihrer Uniform erkennen. Sind Sie so freundlich und unterschreiben Sie mir bitte meine Forderung."

Ich ziehe meinen Tintenkugelschreiber aus der Tasche und unterzeichne sein Papier, nicht ohne es vorher gelesen zu haben, was nicht einfach ist, da mein Bart immer noch tropft und ich aufpassen muss, dass kein Tropfen auf das Papier kommt. Aber es ist alles in Ordnung. Er gibt mir die Kopien.

„Danke, Ihre Unterkünfte sind gleich dort durch die Tür. Hier sind die Schlüssel für drei Zimmer. Die Nummern stehen auf dem Schlüssel. ich ziehe mich nun zurück. Ich wünsche Ihnen eine angenehme Nachtruhe. Auf Wiedersehen." Damit steckt er sein Papier ein und verlässt den Tisch. An der Tür dreht er sich noch einmal um und informiert: „Essen gibt es in der Baracke mit der Aufschrift „Messe", wie auf ihrem Schiff."

„Okay, dann wollen wir mal zum Essen gehen. Ohne Mittag habe ich einen Bärenhunger." Ich stehe auf, ziehe meine Jacke und Pelzmantel an und meine beiden Freunde folgen mir aus dem Raum und dem Haus. Wir sehen uns um. Ein etwas verwittertes Holzschild zeigt uns den Weg. Es ist ein Pfeil mit dem Wort „Messe" darauf. Wir folgen dem Schild. Wir finden die Messe und das Essen ist gut.

Die Nacht war kurz und hell. Irgendwann habe ich die Jalousie heruntergezogen. Das half und ich habe danach gut geschlafen. Meine beiden Kameraden machen einen aufgeweckten Eindruck und nur ich scheine nicht wirklich fit zu sein, denn ich merke, dass ich zu den beiden nicht sehr freundlich bin. Was mich ein wenig überrascht, aber ich habe es wenigstens bemerkt. Auf ihr fröhliches „Guten Morgen" habe ich nur geknurrt. Wahrscheinlich liegt es daran, dass es die Nacht geschneit hat und ich kann Schnee nicht mehr sehen. Nun ist das schneefreie Tal auch verschneit.

Naja, essen wir erst einmal, danach wird die Welt schon besser aussehen, sage ich mir und nehme am Tisch Platz. „Jürgen, Hans, habt ihr schon jemanden für uns gesehen oder gehört?" Beide schütteln mit dem Kopf. Okay, denke ich mir. Nun bekomme ich meine Wortlosigkeit zurück. Wer austeilt muss auch einstecken können. Das Büfett ist fertig und wir können uns etwas zu essen und trinken holen. Das Essen hier ist wirklich gut und schmackhaft. Sehr große Auswahl, das habe ich nicht erwartet, umso besser. Ich bin gerade dabei und trinke meinen Kaffee aus, da tritt ein sehr junger Mann, fast noch ein Halbwüchsiger an unseren Tisch: „Kapitän, ich bin ihr Führer für heute. Mein Name ist Ville Larsen. Wir können in einer halben Stunde aufbrechen, wenn Sie es wollen. Die Zimmerschlüssel können Sie mir auch geben, wenn Sie die Zimmer geräumt haben." „Gut, mein Junge, gut Ville. In einer halben Stunde sind wir abfahrtbereit. Bis gleich. Danke!" Ville verlässt uns wieder, er wird wohl einiges vorzubereiten haben.

Wir hüllen uns wieder in unsere Pelzmäntel und hören schon von weitem das Hundegebell von den Huskys. Als wir nach draußen vor die Baracke treten, sieht uns Ville und kommt uns entgegen: „Legen Sie Ihr Gepäck auf die Schlitten, ich werde es gleich festziehen, aber erst muss ich die Schlüssel wegbringen." Ich gebe ihm die drei Zimmerschlüssel. „Danke bis gleich!" Schon ist er weg und wir gehen zu den Schlitten. Wir sind keine Wissenschaftler und jetzt wo es geschneit hat, werden wir nicht mit dem Wagen bis zur unwegsamen Schneestraße gebracht. Wir fahren gleich mit den Schlitten los. Keine fünf Minuten später kommt Ville wieder zurück zu uns: „Wir haben zwei Schlitten. Wer von Ihnen will den zweiten Schlitten lenken?" Die Frage kommt, während er unser Gepäck auf die Schlitten schnallt. Ich sehe meine beiden Freunde an und bemerke, dass auch sie irritiert sind. Also sage ich: „Gibt es keinen zweiten Schlittenführer? Ich kann zwar einen Schlitten lenken, aber das war so nicht vorgesehen!" „Oh, das wusste ich nicht. Es tut mir leid, aber es ist kein anderer Schlittenführer greifbar. Ich bin froh, zwei Schlitten bekommen zu haben. Aber von einem zweiten Schlittenführer war nicht die Rede. Wenn Sie auf einen zweiten Führer bestehen, müssen wir bis morgen warten. Es tut mir leid!" „Nein, wir warten nicht bis morgen. Ich werde den Schlitten lenken, sofern der Leithund auf mich hört. Hans geht mit auf Ihren Schlitten und Jürgen kommt mit auf meinen. Danke, dass Sie das Gepäck verstaut haben." „Er wird auf Sie hören, er ist schon oft mit verschiedenen Führern gefahren."

Ich glaube ihm und mir ist völlig klar, dass Ville viel geübter im Verstauen des Gepäcks auf den Schlitten ist, als wir. Ich sehe auch eine Schaufel auf jedem Schlitten, eine kleine Kiste und so etwas wie ein Sägeblatt aus festem Kunststoff. Jeder Schlitten hat wohl so etwas wie ein festes Zubehör, wie der Verbandskasten in einem Auto.

Endlich geht es los, ich setze meine Brille auf und eine normale Mütze. Der Himmel ist grau, aber es schneit nicht mehr. Die Hunde ziehen an und es geht los. Der Schnee ist dick genug für die Schlitten und wir gleiten auf der glatten Straße dahin. Nach zehn Minuten sind wir wieder an der unwegsamen Straße angekommen und wir werden wieder etwas langsamer, da der Weg, wie gesagt, sehr uneben ist. Die Sonne ist herausgekommen. Wir haben Rückseitenwetter. Der Schneefall von der Nacht ist abgezogen und die Sonne scheint nun hell.

Die vielen Kufen, die sich in den Schnee gegraben haben, haben den Schnee aufgeraut und die Hunde müssen kräftiger ziehen. Hier hat es jedenfalls nicht geschneit, konstatiere ich und schaue mich ein wenig um. Alles was ich sehe ist Schnee, Schnee und nochmals Schnee. Der Himmel ist nicht mehr wie gestern grau, denn die Sonne lacht, aber die Temperatur liegt weit unter null Grad. So fahren wir in der Sonne weiter.

Hier fängt der Hohlweg an und wir gleiten wieder in den schmalen Schlauch hinein. Die Sonne scheint mir auf den Kopf, ich fühle die Wärme. Ich fühle mich wohler als am Tag vorher und so geht es eine ganze Weile gut voran.

Irgendwann merke ich, dass ich am Dösen bin, das schreckt mich ein wenig auf. Die Sonne ist weg, ich bemerke, dass wir in einem Tunnel fahren. Über dem Hohlweg wölbt sich eine Schneedecke, aber es dringt Licht hindurch. Ja, richtig, denke ich, die Sonne scheint. Aber Ville wird schon wissen, wo es langgeht. Langsam wird die Decke immer höher und wir biegen in eine große Höhle ein. An der Decke sehe ich Eiszapfen und rechts und links größere Eisblöcke. Wir fahren langsam weiter, denn die Hunde müssen sich einen Weg um die Eisblöcke suchen.

Irgendetwas ist hier faul. Ich treibe die Hunde an und überhole Ville. Ich fahre vor ihn und bremse ihn so langsam ab. Als wir stehen, gehe ich zu Ville und sehe ihn an. Er scheint gar nicht da zu sein. Ich spreche ihn an, aber er reagiert nicht. Nun gebe ich ihm eine leichte Ohrfeige. Ville erschreckt und reagiert. „Was tun Sie, wieso stehen wir. Was ist los?"

Ich frage ihn: „Wo sind wir, wieso sind wir in einer Höhle, ist das wirklich der richtige Weg?" Ville schaut sich um, ich merke ihm an, dass er sich erschreckt. Er schaut mich wieder an und sagt ganz verwirrt: „Herr Kapitän, es tut mir leid. Ich muss irgendwie geistig weggetreten sein. Vielleicht Sekundenschlaf. Ich weiß es nicht. Ich weiß auch nicht wo wir sind. Ich kann mir das gar nicht erklären. Das ist mir noch nie passiert." Ich sehe, dass er sich durch das Sprechen wieder fängt und ein Funkgerät aus der Tasche zieht. „Ich versuche Kontakt zu bekommen. Vielleicht kann man uns hier orten und bevor wir versuchen, diese Höhle zu verlassen, ist es besser nachzufragen. Wir könnten uns nur noch mehr verfahren!", versucht Ville die Situation zu entschärfen.

Nachdem ich mich umgesehen habe, beginne ich ihn zu verstehen. Hinter uns liegen überall Eisblöcke, Eiswände und an der Decke hängen die riesigen Eiszapfen. Verwehter Schnee liegt hinter uns in der Höhle und unsere Spuren sind nach ein paar Metern nicht mehr zu erkennen.

„Hallo, Station Nord, können Sie mich hören? Hier spricht Ville Larsen. Können Sie mich hören?" Aus dem Funkgerät kommt kein Laut, außer einem leisen Rauschen.

„Lassen Sie mich überlegen," erklärt Ville. Wir sind von Osten gekommen, dann müssen wir über den Pass. Darüber sind wir noch nicht gefahren, denke ich. Käpt'n sind wir schon über den Pass gefahren?" „Nein", antworte ich ihm. „Also sollten wir wieder nach Osten versuchen von hier wegzukommen." Er nimmt seinen Rucksack vom Rücken und greift hinein. Heraus kommt ein Kompass. Gut, denke ich, der Mann ist auf alles vorbereitet.

Es ist hell in der Höhle, das Licht scheint durch die Eiszapfen, wir können noch nicht im Berg sein. Es sieht aus wie irgendeine Eishöhle. Ich merke, dass es Ville unangenehm ist, aber niemand kann sich von Fehlern freisprechen.

Jürgen bläst die Backen auf und pustet durch den Mund aus. Ich weiß was er denkt. Aber so lange ich nichts sage, hält er sich auch zurück. Hans schüttelt nur leicht mit dem Kopf und brummelt vor sich hin. „Hast du was gesagt?", frage ich ihn. „Ne, ich habe nur laut gedacht!"

Ville zeigt mit dem Kompass in der Hand die Richtung an und sein Schlitten zieht wieder an. Ich folge ihm langsam. Wir fahren um Eisblöcke herum und der Weg wird nicht besser, ich bin besorgt. Wir sind ohne langem Slalom hier hereingefahren und nun geht es nur noch um Eisblöcke herum. Die Höhle wird immer größer und die Eiszapfen an der Decke werden weniger, dafür sehen wir hier schon richtige Stalaktiten. Nun sind wir also richtig im Berg. Es kann nicht der richtige Weg sein. Ville hält an. Ihm ist es auch aufgefallen. Er spricht wieder durch sein Funkgerät. Aber es kommt keine Antwort, wir sind abgeschnitten. Ville schaut zu mir und kommt dann auf mich zu. „Käpt'n was schlagen Sie vor?"

„Männer, hat jemand einen Vorschlag?", entgegne ich seiner Frage. Schweigen antwortet mir. „Keiner? Nun, dann schlage ich vor, weiter in den Berg zu fahren, eventuell ist es dort nicht so kalt und wir können da besser überlegen, bis uns etwas Besseres einfällt. Wir können allerdings nur so weit, wie das Licht reicht. Hier herrschen mindestens minus 20°C. Ich hoffe, dass es im Berg deutlich wärmer wird. Dort können wir dann auch übernachten, wenn es nötig sein sollte. Bei minus 20°C würden wir wohl die Nacht nicht überleben. Außerdem gibt es noch, ich gebe zu, es ist unwahrscheinlich, die Möglichkeit einen anderen Weg nach draußen zu finden." „Kuddel, bist du sicher, dass das richtig ist? Noch weiter in den Berg. Noch weiter weg vom Weg. Du hast natürlich recht, dass wir eine Nacht bei den Temperaturen nicht überstehen, aber es widerstrebt mir wirklich. Muss das wirklich sein?" „Ja, Jürgen, das muss wirklich sein. Es sei denn, du hast jetzt doch eine Alternative. Nein? Wir müssen erst einmal eine sichere Unterkunft finden. Dann können wir Pläne schmieden." „Kuddel, wieso haben wir eigentlich diesen jungen Führer? Kennt der seinen Weg eigentlich wirklich?" „Hans, das hätte jedem passieren können. Wenn du nur Schnee siehst, dann kann es schon mal vorkommen, dass du einfach abschaltest. Für ihn wird das auch eine neue Erfahrung sein. Der macht sich jetzt jede Menge Vorwürfe, obwohl es nicht nötig ist. Es hilft in keiner Weise weiter! Ich bin sicher, dass er für ein nächstes

Mal auf so etwas vorbereitet ist. Lasst uns weiterfahren. Ville fahren Sie voran, ich folge. Hans gehst du zu deinem Schlitten zurück, bitte!"

Die Fahrt geht also weiter, auch wenn es keiner wirklich will, bleibt uns doch im Moment nichts Anderes übrig. Obwohl es deutlich wärmer wird, hört das Eis nicht auf. Elf, zwölf Grad Minus ist es immer noch, aber es ist erträglicher, denn es schneidet nicht mehr so ins Gesicht. In unseren Pelzmänteln werden wir nicht erfrieren. Hier werden wir für eine Weile bleiben und zu Fuß die Höhle erkunden. Wasser gibt es hier in Form von Eis und wir können es abkochen. Ville hat für unterwegs einen kleinen Gaskocher mitgenommen und Tee, für eine Pause. Sehr vorausschauend. „Ville, was meinen Sie, Sie sind doch hier zu Hause. Gibt es hier irgendwelche gefährlichen Tiere? Tiere, die hier in der Höhle leben könnten?" „Herr Kapitän, wenn wir uns in der Höhle umschauen, dann sollten wir auf Losung achten, außer Eisbären, gibt es hier keine wilden Tiere. Ich glaube auch kaum, dass es so tief in der Höhle Eisbären gibt." „Gut, machen wir es so!" Ich schaue auf meine Uhr. Wir sollten jetzt bereits in der Nähe der Küste sein. „Ville machen Sie Feuer und kochen einen Tee. Ich glaube etwas Warmes kann jetzt jeder vertragen. Wir können auch unseren Proviant essen. Wir sollten nicht mit leeren Magen schlafen. Morgen sieht die Welt wieder anders aus."

„Gut, ich hole etwas Eis für den Tee!"

Ville geht in die Höhle und wir suchen uns einen bequemen Platz. Die Hunde haben wir abgeleint und geben ihnen ihr Futter. Sie fressen es und merken, dass sie frei haben und legen sich im Schnee hin zur Ruhe.

Der Iglu

Nach einigen Minuten kommt Ville zurück zu uns. „Ich habe keine Bärenlosung gesehen!" Er legt das Eis in einen kleinen Topf und zündet das Feuer des kleinen Gaskochers an. „Ich habe bemerkt, dass dort hinten ein großes Loch in der Decke ist. Durch dieses Loch ist viel Schnee in die Höhle gelangt. Er liegt da wahrscheinlich schon lange und ist sehr fest geworden. Ich schlage vor, einen Iglu für uns zu bauen. Wir haben Schneesägen immer auf den Schlitten, da es normal ist, dass wir unterwegs eingeschneit werden könnten. Ich denke, dass jeder von uns ein großes Messer bei sich hat, damit können wir die Schneeblöcke später anpassen. Wenn wir alle zusammen daran arbeiten, können wir für die Nacht einen Iglu haben. Darin ist es dann warm genug um zu überleben, denn der Iglu hält die Körperwärme fest und die Lufttemperatur ist nur etwas unter null Grad. Um es noch einmal klar auszudrücken. Im Iglu kann man sogar nackt sitzen, der Körper hält die Wärme fest.

Wir können erst den Tee trinken und uns dann an die Arbeit machen. Seid ihr damit einverstanden?"

Überrascht gucken wir ihn an. Ich antworte ihm sofort: „Ich bin dabei. Die Idee finde ich sehr gut. Ich würde vorschlagen, als Kapitän, dass wir uns duzen, damit geht die Arbeit schneller und wir bleiben lockerer." Alle nicken mit dem Kopf und sind damit einverstanden. „Weißt du denn, wie ein Iglu gebaut wird?"

„Das ist kein Problem. Nun, zuerst einmal suchen wir uns einen Platz an dem wir das Iglu bauen wollen. Der Platz soll horizontal eben sein. Wir können ihn in den Schnee treten, so, dass wir eine kleine Vertiefung bekommen. Der Platz muss rund sein und ungefähr einen Durchmesser von drei Metern haben. Mit einem Skistock und einer Hundeleine können wir vom Mittelpunkt einen Kreis ziehen. Die oberen etwa sechzig Zentimeter von dem Schneehaufen schaufeln wir ab, darunter kommt fester Schnee, aber das werde ich dann ausloten. Den Schnee darunter können wir in Blöcken herausschneiden. Wir haben wie gesagt eine Schneesäge auf jedem Schlitten. Wir schneiden zuerst mehrere Blöcke aus dem Schnee, die wir dann folgendermaßen zusammensetzen. Die unteren Schneesteine stellen wir ein wenig schräg, von außen stopfen wir ein wenig Schnee darunter, das hält. Den nächsten Stein schneiden wir passend an den ersten. Mit einem kleinen Klaps fügen wir sie zusammen. Bitte, das ist wichtig, nur ein kleiner Klaps. Wenn wir die erste Reihe Steine fertig haben, dann schneiden wir sie oben alle auf die gleiche Höhe etwas schräg. So geht es dann immer weiter mit jeder Schicht. Ganz wichtig ist es, den Schlussstein von innen einzupassen. Mit den Messern können wir in der Rundung, die Blöcke passend schneiden. Von außen werden wir mit weichem Schnee die Fugen verputzen. Ich mache es euch vor und ihr werdet es sehr schnell begreifen und nachmachen können. Ich habe schon öfter einen Iglu gebaut. Vertraut mir!"

Ville schaut uns an und erwartet eine Reaktion.

Schweigend trinken wir unseren Tee. Ich antworte ihm: „Ich bin sicher, dass jeder von uns an dem Iglu mit bauen wird. Natürlich vertrauen wir dir. Wir sind froh einen Fachmann bei uns zu haben. Aber trinke erst einmal deinen Tee."

Der Tee ist sehr heiß und wir schlürfen ihn langsam. Unser Bauch wärmt sich an. Wir fühlen uns dadurch deutlich besser. Einer nach dem anderen stellt

seine Tasse weg und wir sehen uns an. „Okay, Ville, dann zeig uns mal was du kannst. Wir schauen dir zu."

Ich erhebe mich und Ville steht mit mir auf und geht voran, Jürgen und Hans folgen. Ville hat eine Schaufel vom Schlitten genommen und beginnt den losen Schnee von dem Schneehaufen ab zuschaufeln. Wir sehen, wie er erst eine horizontale Wand herausschält. Aus dieser Wand kann er dann die Würfel schneiden.

„Ihr könnt schon mal die Schneesägen von den Schlitten holen und einen runden Platz herstellen. Wie ich sagte, mit einem Skistock und einer Hundeleine. Eine Hundeleine ist auch bei der Schneesäge. Jürgen läuft zum Schlitten und holt die Säge und eine Hundeleine. Wir stecken den Skistock in den Boden und ziehen mit der Leine einen Kreis von etwa drei Metern. Wir trampeln den Schnee glatt und haben nun eine ebene runde Fläche.

Ville schaut und lobt: „Sehr gut, ich hätte es nicht besser machen können."

Jürgen gibt ihm eine Säge und Ville schneidet gekonnt Steine aus dem Schnee. „Ich komme jetzt mit dem Ersten", informiert Ville. Ich gehe auch und hole einen der Schneewürfel. Ville hat bereits mehrere Blöcke herausgeschnitten. Hans hat sich Ville auch angeschlossen und nimmt ihm auch einen Würfel ab. Langsam bekommen wir einige Steine in der ersten Reihe zusammen. Nun beginnt Ville die Würfel zu einem Kreis zusammen zu stecken. Er stellt sie schräg und ich stopfe von außen Schnee darunter. Nachdem wir den ersten Ring Steine gesetzt haben, schneidet Ville mit der Schneesäge die obere Kante aller Steine schräg gleich hoch ab. Nun ist die zweite Reihe dran. Sie wird genauso schräg auf die ersten Steine gesetzt. Er schneidet jeden Stein sauber zu, sodass sie genau zusammenpassen. Wir verputzen vorsichtig von außen die Fugen mit Schnee. Nach einigen Stunden sind wir an der Biegung oben angekommen und Ville steht im Iglu und sein

Kopf schaut oben durch das Loch. Er taucht ab und nur noch seine Arme sind zu sehen. Wir reichen ihm von außen den letzten Stein an. Ville schneidet von innen den Stein zu und passt ihn ein. Die Wölbung ist nach einiger Zeit geschlossen. Wir verputzen die Fugen von außen, und sehen uns an. Alle sind erleichtert. So können wir die Nacht überstehen.

Wir setzen uns alle hin und betrachten unser Werk. Es ist nicht schön, aber praktisch. Zur Feier des Bauabschlusses trinken wir noch einen Tee. Wir sind richtig stolz auf unser Haus. Wir prosten Ville zu und zeigen ihm so, wie dankbar wir ihm sind. Nach dem Tee, stehen wir auf. Ville kriecht als erster durch den Eingang. Wir nehmen die Decken von den beiden Schlitten und legen sie auf den Boden vom Iglu.

„Wir werden uns alle ganz dicht aneinanderlegen und uns gegenseitig wärmen. Es gibt keine Kontaktschwierigkeiten. Dieses Problem haben wir dank gemeinsamer Arbeit abgeschafft. Bis morgen Leute. Lasst uns schlafen. Wir haben heute wirklich viel erlebt und gearbeitet. Ich danke allen."

Die Hunde wecken uns am nächsten Morgen. Sie kläffen, denn sie wollen Futter haben. Es ist auf den Schlitten. Ville kriecht aus dem Iglu und füttert die Hunde. Wir kriechen ihm nach. Ich hole den kleinen Gaskocher und mache wieder Tee. Die Nacht war sehr unruhig, da sich jeder mal umdrehen oder bewegen wollte. Aber wir haben doch alle geschlafen und fühlen uns heute deutlich besser.

Die Eisprinzessin

„Was machen wir heute?", werde ich beim Tee gefragt. „Ich denke wir gehen heute immer zu zweit in der Höhle herum um einen Ausgang zu finden. Wir werden mit unseren Messern Kerben in die Eisblöcke schneiden, damit wir wieder zurückfinden. Ich gehe mit Jürgen, wenn er will, in diese Richtung und wir schauen uns dort mal um. Ville, welche Richtung ist das dort?" Ville zückt seinen Kompass und schaut auf ihn: „Das ist die Südwestliche Richtung." „Jürgen, willst du mit?" „Ja, natürlich, was sollte ich sonst tun? Ich komme schon, lasst uns gehen!"

Beide gehen wir los und schon am ersten Eisblock versuche ich eine Wegmarkierung in das Eis zu schnitzen. Das Eis ist aber sehr hart gefroren und so schnell, wie ich es mir gedacht hatte, geht es nicht. „Wenn das so langsam geht, dann kann unser Spaziergang dauern!", meint Jürgen, der hinter mir steht und zuguckt. „Beim nächsten bist du dran, mal sehen was dein Messer kann!", frotzele ich ihn an. „Das, was dein Messer kann, kann meines schon lange!", kommt die spontane Antwort von ihm.

Wir gehen langsam weiter und schauen in jede Richtung. Aber es ist nichts Interessantes für uns zu sehen. „Hier, jetzt bist du dran. Der Eisblock gehört dir!" „Okay", kommt es gelangweilt von Jürgen. Er zückt sein Messer und beginnt zu schnitzen. Bald steckt er sein Messer wieder weg und ich kann einen sauberen geraden Pfeil erkennen. „Respekt, so gut habe ich es nicht hinbekommen!"

Nach einer guten Stunde denke ich, dass wir zurückgehen sollten. „Wir gehen jetzt wieder ins Lager, bis wir dort sind, dauert es auch noch bestimmt zwanzig Minuten. Wir wollen die Kollegen nicht zu lange warten lassen."

Von Jürgen kommt ein kurzes: „Einverstanden!"

Als wir wieder im Lager ankommen, warten Ville und Hans schon auf uns. Mit gespannten Gesichtern fragen sie: „Habt ihr einen Weg gefunden, der uns hier wegbringt?"

„Nein, leider nicht. Jetzt könnt Ihr euer Glück versuchen!"

„Gut, ich gehe jetzt mit Hans, macht es euch gemütlich." „Gut, Ville. Geh du mit Hans. Lass uns aber nicht zu lange warten." „Ville, geh' schon mal vor, ich komme gleich nach. Ich habe mein Messer im Iglu vergessen. Ich werde deinen Markierungen folgen.

Ich setze mich mit Jürgen auf einen Schlitten und denke mir, dass es eigentlich besser ist sich zu bewegen und zu laufen, als hier nur herumzusitzen. Bleibe aber erst noch hocken. Nach etwa drei Minuten wird es deutlich heller in der Höhle. Wir gucken uns an. Auch die Atmosphäre hat sich geändert. Es wird wieder kälter. Hans kommt um die Ecke: „Was ist los, es wird wieder kälter, wisst ihr warum? Ich will jetzt zu Ville!" Er starrt nach vorne und wir folgen seinem Blick.

Wir trauen unseren Augen nicht, Ville kommt mit einer wunderschönen Frau zurück, die ihm folgt. Wir haben aber das Gefühl, dass er vor ihr zurückweicht. Sie ist mit einem blau und weißen, langen Kleid gekleidet, hat weißes, langes wunderschönes Haar und herrliche eisblaue Augen. Ihre Haut ist fast schneeweiß und ihre Lippen sind blau. Sie ist eine Schönheit und sieht uns alle forschend an. Trotz ihrer weißen Haare sieht sie sehr jung aus. Man hat das Gefühl, dass sie nicht läuft, sondern schwebt. Sie steigt auf einen Eisblock, als hätte er Stufen, aber es gibt keine. Schon ist sie oben.

Ihre Stimme klingt so kalt wie lieblich als sie uns anspricht: „Ihr seid in mein Reich eingedrungen. Wollt ihr mich besuchen? Ich will aber keinen Besuch. Was wollt ihr hier?" Es ist mir sofort klar, dass sie uns ablehnt. Wieder spricht sie und es klingt wie durch einen Lautsprecher und hallt durch den Raum, trotzdem ist die Stimme hell und klar: „Ich will euch hier nicht, nur dieser Mann mit dem Namen Ville kann bleiben! Ihn habe ich gerufen, aber euch will ich nicht!"

Nachdem mir klar wird, dass diese junge Frau nur Ville will, frage ich mich, ob sie nicht dafür gesorgt hat, dass wir hierhergekommen sind. Vielleicht hat sie ihn hypnotisiert? Diese Situation ist so unwirklich, dass diese Gedanken, die mir durch den Kopf gehen, mir nicht absurd vorzukommen.

Ville scheint sich gefangen zu haben, es ist auf dieser Reise schon das zweite Mal, dass er etwas völlig Unerwartetes erlebt. Aber er fängt sich wirklich schnell, denn meine Freunde haben überhaupt noch nicht begriffen, was das bedeutet. Ville wendet sich an die junge Frau: „Wer sind Sie, und was wollen Sie von mir. Was heißt das, wir sind in Ihr Reich eingedrungen und Sie haben mich gerufen? Wenn ich bleiben soll, dann müssen meine Freunde auch bleiben, bis wir einen Ausweg aus diesem, Ihrem Reich gefunden haben."

„Ville, mein Erwarteter," trotz der freundlichen Worte klingt ihre Stimme mehr unpersönlich: „ich habe dich gerufen, weil ich dich will. Ich bin die Prinzessin des Eises und ich habe schon lange auf dich gewartet. Nur ein Mann dieses Landes kann mein Partner sein. Die anderen werde ich einfrieren, denn sie müssen auch erst einmal bleiben. Niemand kennt mich und so soll es auch bleiben. Aber bis es soweit ist, werde ich alle mit in meinen Palast nehmen." Sie hebt ihre beiden Arme mit den langen weiten weißen Ärmeln ihres blauen Kleides und die Umgebung verschwimmt vor meinen Augen.

Als ich meine Umgebung wieder klar erkennen kann, sind wir alle in einem wunderschönen Palast aus Eis. Die weißen Wände sind mit Ornamenten aus blauem Eis verziert. Die Türen sind große Tore mit romanischen Bögen und Doppeltüren. Säulen aus Eis stützen die Decke, an der Eisbären und Robben aus Eis als Ornamente zu sehen sind. Ein blaues Licht kommt von einem runden Lichtkreis in der Decke. Wieder hören wir ihre Stimme: „Ihr werdet hierbleiben, bis ich entschieden habe, was mit euch genau passieren wird. Ville wird sich frei bewegen können. Die anderen sollen durch keine Tür gehen. Weil ich es so will! Komm, mein Erwarteter, ich werde dir dein Reich zeigen. Du wirst es kennen lernen müssen."

Ich beobachte, dass Ville gar nicht gehen will, aber irgendwie ihrem Willen gehorchen muss, weil er sie nicht verärgern will. Wir bleiben zurück. Ich probiere die Türen, aber es gibt keinen Griff. Außerdem ziehe ich schnell meine Hände zurück, denn die Türen sind sowas von kalt, dass ich Angst habe, dass sie in den dicken Handschuhen erfrieren.

„Kuddel", kommt es etwas zaghaft von Hans: „Träume ich oder bin ich verrückt geworden? Hast du auch gehört und gesehen was ich gesehen habe. Siehst du auch diesen Palast oder was ist los?"

„Hans, ganz ruhig. Wir alle sehen, was du siehst! Es ist alles in Ordnung mit dir!"

„Danke, ich dachte schon, ich werde langsam Kälteverrückt!"

Ich analysiere: „Habt ihr bemerkt was sie gesagt hat? Sie hat gesagt, komm mein Partner, ich werde dir dein Reich zeigen, du musst es kennen lernen. Sie hat nicht gesagt, komm mein Lieber, du wirst dein Reich lieben lernen. Ich schließe daraus, dass sie nicht weiß was Liebe ist, oder es gar nicht darum geht. Außerdem hat sie uns hiergelassen bis sie entschieden hat, was mit uns passieren soll. Sie sagt selber, sie ist die Prinzessin. Nicht die Königin. Vielleicht kann sie gar nicht, oder sie darf gar nicht entscheiden! Ich setze meine Hoffnung darauf."

„Danke Kuddel, du bringst mich wieder in die Gegenwart und Realität zurück. Ich war auch schon am Zweifeln, ob ich noch richtig ticke." Jürgen macht eine Handbewegung, die bestätigen soll, was er gesagt hat. „Wir sollten uns bewegen, damit wir hier nicht erfrieren. Ich hoffe, wir bekommen etwas zu Essen und zwar nicht aus Eis, sonst werden wir hier nicht lange Gast sein!" Ich sehe die Tränen, die Hans in den Augen stehen. Ich gehe zu ihm, klopfe ihm auf die Schulter und nehme ihn etwas in den Arm. „Nicht verzagen, mein Lieber. So lange wir leben, haben wir eine Chance zu entkommen. Noch ein gut gemeinter Ratschlag. Fühlt euch nicht als Opfer, dann gebt ihr der Prinzessin Macht über euch, ihr fühlt euch ihr dadurch unterlegen. Sondern denkt einfach, dass ihr genau das erlebt, was ihr euch gewünscht habt, wann auch immer das war und das ihr euch jetzt wünscht wieder aus der Situation heraus zu kommen. Dann wird sich die Lösung auch zeigen! Denkt mit mir immer in Richtung Lösung!"

Nach einer halben Stunde geht eine der Türen auf und Ville kommt herein. Sofort sprudelt es aus ihm heraus: „Die Türen gehen auf, indem du einfach denkst, dass du hindurch willst. Hinstellen und durchwollen. Sie öffnen dann von alleine. Käpt'n, Männer. Diese Frau weiß nicht was Liebe ist. Sie will mich zwar haben, weiß aber nicht, dass man einen Partner nur durch Liebe gewinnt. Sie kann nur logisch denken und weiß, dass sie irgendwie einen Partner haben will. Aber wozu ist ihr anscheinend auch nicht ganz klar. Sie hat keinerlei Empathie. Ihre Gefühle und Emotionen sind völlig eingefroren. Ihr ist nicht einmal klar, dass weder ich, noch irgendjemand anderes hier überleben kann. Es ist einfach zu kalt. Natürlich, ich kann mich auch irren.

Meiner Meinung nach gibt es nur einen Weg, der mir eingefallen ist, durch unsere Fabeln, wie wir hier rauskommen. Die Fabel sagt, dass die Eisprinzessin nur durch einen Sonnenstrahl zur Liebe erweckt werden kann. Wir müssen irgendwie die Sonne hierherbringen, aber wie?"

„Das kann ich euch sagen!", kommt es aus einer Ecke. Ich schaue dorthin und sehe eine kleine weiße Ratte. „Wer bist du denn, frage ich. „Ich bin Rats, die Ratte! Und wer bist du? Ich habe noch nie solche Wesen wie euch gesehen. Seid ihr Gäste des Königs. Der sieht so ähnlich aus wie ihr." „Nein, wir sind Gäste der Prinzessin. Aber sie ist uns, glaube ich, nicht besonders wohl gesonnen." „Ach, ja, das kenne ich, der Langschnabel draußen, der mag mich auch nicht und will mich immer weghaben. Aber ich wohne nun mal hier. Ich lasse mich doch nicht aus meiner Wohnung vertreiben. Ihr werdet mich doch nicht verraten, oder?" „Natürlich werden wir dich nicht verraten. Wir haben eine Frage an dich. Du hast gerade zu uns gesagt, dass du uns sagen kannst wie die Sonne hier hereinkommt?" „Ja, das habe ich gesagt. Da ich durch alle Ritzen und Löcher komme, da ich hier ja wohne, kenne ich den Laden hier ganz genau. Ich habe gesehen, dass das Licht durch viele Spiegel aus Silber gebrochen wird. Die sind überall hinter den Wänden und Decken versteckt. Wenn ihr die letzte Eiswand vor dem Spiegel entfernen würdet, dann käme die Sonne hier in das Zimmer herein. Wenn ihr noch Fragen habt, dann könnt ihr mich fragen, ich bin Rats und helfe gerne. Wenn ihr was zu essen habt, dann denkt an mich. Ich muss los, denn ich habe noch nichts gefressen heute.

Tschüss!" Rats verschwindet, keiner konnte sehen, wohin Rats verschwunden ist.

Ville sinniert: „Wenn die Prinzessin den Sonnenstrahl abbekommt, würde sich ihr Herz erwärmen. Da sie niemals Wärme gespürt hat, werden ihre Emotionen und ihre Empathie und Liebe erwachen. Möglicherweise wird sie von ihrer Emotion und Liebe überrollt werden und das ist der Moment den wir nutzen müssen. Ich will leben und ich will hier raus. Aber das darf die Prinzessin nicht erfahren, da sie keine Liebe kennt, würde sie mich bestimmt irgendwie festsetzen. Lasst uns die Wände untersuchen. Überall, wo wir das Gefühl haben, hier ist es heller, hinter dieser Eiswand oder Eisdecke müsste der Sonnenstrahl sein, müssen wir versuchen die Eiswand zu durchbrechen. Auch hier gilt das gleiche Prinzip wie bei der Tür. Also lasst uns suchen! Probiert es erst bei den Türen. Wir Menschen haben einen starken Willen und können es genauso wie die Prinzessin. Wir müssen nur an uns glauben. Also denkt daran."

Ich gehe zur Tür und will einfach hindurch. Tatsächlich schwingen die beiden Flügel der Tür auf. Das ist interessant, denke ich. Die Prinzessin hat zwar gesagt, dass wir nicht durch die Tür sollen, aber sie hat tatsächlich keine Macht über uns. Ich habe das Gefühl einen kleinen Sieg errungen zu haben. Ich sehe zu den anderen und erkenne, dass auch sie durch Türen gegangen sind. Jeder von uns wird nun einen anderen Raum untersuchen. Rats war sehr hilfreich, da er gut beobachtet und erkannt haben muss, dass es hier Silberspiegel gibt, durch die die Sonne heruntergeleitet wird. Wir hätten ihn fragen sollen wo der Spiegel hier in diesem Zimmer ist. Leider hat keiner daran gedacht. Wir müssen uns daran gewöhnen, dass hier manche Tiere sprechen können.

Mir kommt ein Pinguin entgegen, ich denke an Kralli, den es mal vor vielen Jahren im Zoo am Meer in Bremerhaven tatsächlich gab, und will ihm aus dem Weg gehen, aber er korrigiert seinen Weg und kommt direkt auf mich zu. Er verneigt sich vollendet und spricht mich an: „Seine Majestäten der Eiskönig und die Eiskönigin bitten euch mir zu folgen, in einen für euch etwas erträglicheren Raum des Schlosses."

Ich entgegne: „Einen Moment, ich muss erst alle zusammenrufen, damit wir dir folgen können!"

Kralli nickt mit dem Kopf. Ich laufe in die anderen Räume und rufe: „Männer, zu mir!"

Jürgen, Ville und Hans erscheinen in den Türen ihrer Räume, die sie untersuchen. „Männer, wir sind vom König und der Königin eingeladen worden in andere Räume des Schlosses umzuziehen. Dort soll es für uns angenehmer sein. Hier Kralli, ist der Botschafter!" Als ich Kralli sage, schaut der Pinguin beleidigt zur Seite.

„Ja, ist schon klar", spöttelt Jürgen. „Der Botschafter! Haha. Dein Witz ist auch nicht mehr das, was er mal war!"

Kralli dreht sich wieder zu mir und fragt: „Können wir, mein Herr?"

Jürgen bleibt der Mund offenstehen und ich fasse mit der Hand unter mein Kinn und zeige damit, dass er den Mund schließen soll. Ich winke daraufhin mit der Hand, dass sie mir folgen sollen. So marschieren wir hinter Kralli her.

Wir kommen an eine riesige Treppe. Sie ist mindestens zehn Meter breit und schwingt sich im Halbkreis nach oben. Oben gibt es einen Balkon, der mit Säulen aus Eis abgestützt ist. Kralli hüpft die Stufen hoch. Wir folgen langsam. Als wir endlich oben angekommen sind, dreht sich Kralli um und spricht mich wieder an: „Wir sind fast da, bitte noch durch diese Tür. Wenn Sie erlauben, gehe ich vor." Ich antworte ihm: „Ja, bitte, gehen Sie vor!" Kralli watschelt vor mir den Gang entlang und eine Tür vor ihm öffnet sich. Wir durchschreiten die Doppeltür. Hier wird es deutlich wärmer. Es sind vielleicht nur noch ein oder zwei Grad minus.

Kralli dreht sich wieder um und spricht: „Meine Herren, seine Majestäten heißen Sie Willkommen und wünschen, dass Sie sich hier wohlfühlen. Es gibt für Sie Betten und es wird Ihnen warmes Essen serviert werden. Seine Majestäten lassen sich entschuldigen, aber sie sind nach Sibirien verreist und wünschen einen guten Aufenthalt."

Damit dreht sich Kralli um und will den Raum verlassen.

Ville ruft: „Moment, Kralli, ich habe noch Fragen!"

Aber Kralli hört nicht, sondern hebt beleidigt seinen Kopf in den Nacken und watschelt weiter. Ich mische mich ein: „Ehrenwerter Herr Hofmarschall, ich habe noch Fragen. Es wäre mir eine Ehre, wenn Sie sie mir beantworten könnten."

Nun bleibt Kralli tatsächlich stehen und dreht sich um: „Gerne werde ich Ihre Fragen beantworten. Fragen Sie."

„Ehrenwerter Herr Hofmarschall, wie kommen wir wieder aus diesem Schloss. Wie kommen wir zum Ausgang?"

Kralli macht ein nachdenkliches Gesicht, soweit ich das so erkennen kann. „Nun, das Schloss ist sehr groß und ich bin nicht mit allen Teilen vertraut. Ich bin der Sekretär Hofmarschall und nur für das Protokoll verantwortlich. Ich werde mich bei unserem Fuhrminister erkundigen und Sie informieren, sobald ich mehr weiß. Ich bitte Sie mich jetzt zu pardonieren."

Damit watschelt Kralli durch die Tür. Die Tür schließt sich automatisch hinter ihm. „Moment!", ruft Ville und läuft zur Tür, die sich wieder öffnet. Aber Kralli ist verschwunden. „Mist! Wo ist er denn so schnell geblieben?"

Ville kommt langsam zurück ins Zimmer.

Die Tür geht wieder auf und einige Pinguine kommen mit Tabletts in den Raum. Auf den Tabletts liegt Essen und ich kann auch Gläser mit Flüssigkeiten erkennen. Sie marschieren mit ihren Tabletts zu einem Tisch aus Eis, mitten im Zimmer. Der erste Pinguin, der die Gruppe anführt, hat kein Tablett. Er hüpft auf einen der Stühle aus Eis, nimmt ein Tablett entgegen und schiebt es auf den Tisch. Der Pinguin, der das Tablett reinbrachte hüpft nun auf den zweiten Stuhl und nimmt das Tablett vom dritten Pinguin an, usw. Es dauert nur einen Moment und alles ist auf dem Tisch zum Essen gedeckt. Der letzte Pinguin verbeugt sich und informiert: „Das Essen ist warm, aber es wird sehr schnell kalt. Wir wünschen guten Appetit." Er verbeugt sich wieder und marschiert hinter seinen Kollegen her.

Ich gehe zum Tisch und fasse das Essen an. Es ist mehr kalt als warm, aber nicht gefroren. Ich verstehe. Das Essen ist über Null Grad. Das ist für sie warm. Wir sollten uns tatsächlich beeilen, bevor das Essen auf dem Tisch anfriert.

„Männer fangt an zu Essen, bevor es gefroren ist und damit ungenießbar wird. Besser kaltes Essen als kein Essen." Ich nehme den Becher mit dem Getränk und koste es. Es schmeckt nach Waldmeister. Das mag ich, ich bin tatsächlich erfreut. Wir essen langsam, nehmen aber einige Stücke in unsere Hände, damit sie nicht anfrieren. Wir können einfach nicht so schnell essen wie wir wollen, denn einiges ist doch schon angefroren. Mir wird durch das Essen warm und ich ziehe meinen Pelzmantel aus. An der Wand sehe ich einfache Türen und gehe kauend zu ihnen hin. Ich öffne eine und schaue in den Raum. Hier steht ein Bett. Ich inspiziere es und komme zu dem Schluss, dass man darin tatsächlich schlafen kann. Die Matratze scheint aus Stroh zu bestehen und ist mit Seide bezogen, die Bettdecke ist eine richtig dicke Daunendecke. Ich ziehe meine Jacke aus und lege mich ins Bett. Die Tür ist noch offen, das ist mir egal. Kaum liege ich, bin ich auch schon eingeschlafen.

Als ich wach werde, ist alles um mich herum still. Ich öffne die Augen und überlege wo ich bin. Ich sehe nur weiß um mich herum. Ich bin doch nicht im

Krankenhaus. Ich schaue noch einmal genauer, jetzt kommt die Erinnerung wieder. Ich fühle mich richtig gut. Völlig ausgeschlafen und der Tatendrang lässt mich aus dem Bett hüpfen. Es ist kalt hier, ich ziehe meine Jacke wieder an und verlasse den Raum. Wo sind meine Begleiter? Ich schaue in die anderen Türen und sehe, dass auch in diesen Räumen Betten stehen und in den Betten liegen meine Freunde. Ich lasse sie schlafen. Ich habe Zeit zu überlegen. Doch daraus wird nichts, denn die große Tür öffnet sich und drei von den Pinguinen kommen herein und bringen mir tatsächlich ein Frühstück. Tolle Überraschung. Ich weiß ja von gestern, es muss jetzt schnell gehen, bevor meine Brötchen oder was auch immer es zum Essen gibt, zu Eis wird. Mein Pelzmantel liegt auf einem Stuhl, so kann ich bequem essen, ohne dass mir der Körper auf dem Stuhl kalt wird.

Ich höre hinter mir Geräusche und als ich mich umdrehe sehe ich Jürgen auf mich zukommen. „Ich rieche, rieche Essen. Brauchst du alles?", fragt er und greift dann zu und stopft sich Brot in den Mund.

„Langsam, langsam. Sie werden dir auch ein Frühstück bringen. Du bist in einem Schloss. Hier werden wir verwöhnt!" Ich grinse ihn an. Ich merke schon, er findet es nicht so lustig und greift erneut zu. Als nächster kommt Ville und hinter ihm Hans.

„Ich hoffe, ihr habt gut geschlafen, das Essen kommt gleich!" Kaum habe ich es ausgesprochen, da geht auch schon die große Flügeltür auf und die Pinguine marschieren hin zum Tisch.

Das Essen war gut. Alle Mann sind satt und voller Tatendrang. Wir wollen gerade unsere Aktivitäten besprechen, als ich Rats bemerke. Er sieht mich an als wolle er etwas sagen, aber dann sagt er nur. „Ich muss weg, die Prinzess kommt!" Da bemerke ich, dass sich an der Wand, auf dem Fußboden und an der Tür sehr schnell Eisblumen bilden. Erstaunt sage ich: „Seht ihr das auch?", als sich die Tür wieder öffnet. Alle schauen zur Tür, aber wir sehen niemanden.

Einen Augenblick später kommen zwei Eisbären durch die Tür, ich bin alarmiert und mir kribbelt es den Nacken hoch, denn ich verspüre Lebensgefahr. Den Bären folgt eine Sänfte mit der Eisprinzessin. Am Ende der Sänfte laufen noch zwei Bären, die hinten tragen. Die Prinzessin gibt einen spitzen Ton von sich und die Bären bleiben stehen. Von der Sänfte aus befiehlt die Prinzessin: „Ville komm mit mir! Wir werden das Schloss weiter besichtigen. Komm Ville zu mir. Ich werde dir alles zeigen. Du musst doch alles kennenlernen. Ihre Stimme ist freundlich, aber das muss nichts heißen, denke ich mir. Ville steht hinter mir, ich drehe mich kurz um und flüstere ihm zu: „Lenk sie ab, wir werden suchen!" Das Gesicht von Ville, zuerst grimmig, aber jetzt, nachdem er mich verstanden hat, wird es freudig erregt und er antwortet: „Aber gerne, meine Prinzessin. Ich komme schon zu dir!" Die Prinzessin rückt etwas zur Seite und Ville geht respektvoll mit einem großen Bogen um die Eisbären herum und steigt in die Sänfte.

Wir stehen und warten darauf, dass die Prinzessin mit ihrer Sänfte uns verlässt. Wir hören schon ihren spitzen Schrei und die Bären setzen sich in Bewegung. Im Weggehen hören wir noch Laute von ihr, die die Bären anscheinend verstehen. In dem Maße wie sie entschwindet, verschwinden auch die Eisblumen von dem Boden, von den Türen und Wänden.

„An den Eisblumen werden wir sie erkennen. Die Eisblumen tauchen immer auf, kurz bevor sie selber kommt. Das ist für uns ein gutes Warnzeichen."

„Sag mal Kuddel, habe ich das richtig verstanden oder bilde ich es mir nur ein? Wir sind doch von den Majestäten willkommen geheißen worden. Also sind wir doch Gäste des Königs und der Königin, wieso fühlen wir uns als

Gefangene? Gäste können doch kommen und gehen wie sie wollen, oder sehe ich das falsch?"

„Jürgen, das ist eine gute Frage, die ich dir aber so einfach nicht beantworten kann. Möglicherweise sind wir Gäste, aber wie sieht uns die Eisprinzessin?"

Hans fällt mir ins Wort: „Warum fragen wir nicht diesen Sekretär Hofmarschall? Wir könnten ihn rufen und fragen!"

„Ja, du hast recht Hans, er wollte außerdem den Fuhrminister fragen, wie wir hier aus dem Schloss kommen! Wir sollten ihn wirklich rufen. Ich bin gespannt, ob er auf unser Rufen kommt. Danke, das ist doch eine echte Alternative."

Wir öffnen die Tür und rufen: „Ehrenwerter Sekretär Hofmarschall!"

Im nächsten Moment kommt der Pinguin um die Ecke und auf uns zu.

„Meine Herren Gäste, Sie müssen nicht rufen. Sie brauche nur zu klingeln, in dem Sie an die Scheibe der Tür tippen oder in die Mitte des Tisches. Sie klingeln und ich erscheine. Was kann ich für Sie tun?"

„Einen Moment bitte", ich gehe zur Tür und tippe an das Türfenster. Ein silberner Ton eines Glöckchens ertönt und ich wende mich wieder an den Sekretär: „Danke, Sie haben uns sehr geholfen. Konnten Sie schon mit dem Fuhrminister sprechen, wegen unserer Abreise? Ich habe noch eine zweite Frage, wir brauchen mehr Licht, können Sie uns sagen, wie wir das Sonnenlicht hier hereinbekommen?"

„Ja, ich habe bereits mit dem Fuhrminister gesprochen, aber mir wurde nicht gesagt, dass Sie abreisen wollen. Da werde ich noch einmal mit dem Minister sprechen müssen, da wir Sie wieder zu ihrem Abholungspunkt zurückbringen müssen. Zu Ihrer zweiten Frage. Wenn Sie mehr Licht brauchen, dann sagen Sie es einfach. Es wird dann automatisch mehr Licht in ihre Zimmer einfließen. Ich hoffe, Ihnen damit gedient zu haben und werde nun dem Fuhrminister sprechen."

Kralli macht eine angedeutete Verbeugung, dreht sich um und verlässt den Flur, auf dem wir immer noch stehen.

„Mensch Hans, danke für deinen Ratschlag. Das sind ja ganz neue Aussichten. Komm, lasst uns in unser Zimmer gehen und nach mehr Sonnenlicht verlangen."

Ganz aufgeregt gehen wir schnellen Schrittes in unser Zimmer. Die Tür schließt sich hinter uns und ich sage laut in das Zimmer hinein: „Wir hätten gerne mehr Licht in diesem Zimmer!" Sofort wird es ein wenig heller im Raum. „Wir hätten gerne noch mehr Licht!" Etwas zögerlich wird es heller, wie mit einem Dimmer. „Wir hätten es gerne noch heller in diesem Raum!" Sofort wird es noch heller. Wir schauen uns um, von wo das Licht denn nun kommt. Ich sehe von der Decke einen Wassertropfen herunterfallen.

„Dort muss es sein, seht mal, da muss etwas hinter der Decke sein." Ich fordere erneut: „Wir brauchen mehr Licht in diesem Zimmer. Wir wollen die Sonne sehen!"

Das Tropfen wird stärker und wir starren gebannt an die Decke. Aus dem Tropfen wird ein leichtes Fließen und nun erscheinen Risse in der Kante der Decke. Völlig geräuschlos bricht ein Stück aus der Decke und fällt zu Boden. Ein Sonnenstrahl fällt in das Zimmer und auf den Tisch. Sofort fängt auch der Tisch an zu schmelzen. Es bilden sich Tropfen auf dem Tisch.

„Sind wir jetzt nicht zu forsch an die Sache herangegangen? Nicht das hier das ganze Schloss schmilzt." Jürgen schaut besorg an die Decke. Ich reagiere und sage laut: „Wir wollen weniger Licht in diesem Zimmer." Der Sonnenstrahl verschwindet, aber es ist immer noch sehr hell im Raum.

Wir alle bemerken, dass sich wieder Eisblumen bilden. Wir sind alarmiert und erwarten die Prinzessin.

Die Türen gehen auf und die Sänfte der Prinzessin schwebt wieder ins Zimmer, wie gehabt, getragen von den vier Bären.

„Ville hat mir erzählt, dass die Menschen immer mit mehreren etwas unternehmen. Sie tun das, weil das mehr Spaß machen soll. Ich werde eine Kutsche rufen und wir werden alle zusammen unser Reich ansehen."

Die Sänfte verschwindet und die Bären verlassen nach einem kurzen Ton der Prinzessin den Raum.

Durch die offene Tür schwebt nun eine Kutsche in den Saal. Vor der Kutsche sind zwei Einhörner gespannt. Sie sind auch schneeweiß und ihr eines Horn ist gedreht und auch weiß. Die Prinzessin steigt in das Gefährt, eigentlich schwebt sie mehr als das sie steigt. Erneut wendet sie sich an uns: „Meine Herren, bitte nehmen Sie Platz. Wir werden in Kürze abfliegen. Ville, komm zu mir nach vorne. Ville steigt zu ihr in die Kutsche und wir folgen ihm. Es sind drei Stufen und wir sind in der Kutsche. Sie ist offen. Wir sitzen hintereinander. Vorne sitzt die Prinzessin mit Ville auf einer Bank. Wir drei sitzen dahinter zusammen auch auf einer Bank.

Von der Prinzessin kommt ein Zwitschern, wie von einem Vogel und die Einhörner ziehen an. Die Kutsche hebt ab, die Türen des Schlosses öffnen sich geräuschlos und das Gefährt schwebt erst langsam, dann immer schneller durch die Räume des Schlosses. Es gibt kein Hindernis, da alle Türen offen sind und wir schweben, gezogen von den Einhörnern durch das Schloss an seinen Eissäulen vorbei, eine geschwungene Treppe hoch, einer anderen wieder runter, über gedrechselte Eisobjekte hinweg, geschnitzten Eisfiguren kommen an uns vorbei, durch lange Fluren fliegen wir weiter und durchqueren riesige Hallen. Wir sehen kolossale, enorm große dekorative Eisschlangen und andere Tiere an den Mauern und Decken. Ein letztes großes Tor noch und die Kutsche verlässt das Schloss.

Aus dem Eispalast herauskommend sehen wir kleine Eistürmchen außen auf den Vorsprüngen des Schlosses. Von den großen Türmen des Palastes erheben sich kleine weiße Drachen und fliegen davon in den eisgrauen Himmel. Schwärme von krächzenden Krähen und anderen Vögeln begleiten uns."

„Opa, hast du Bilder von dem Eisschloss? Vielleicht auf deinem Handy?"
„Julian, Léna, leider gab es früher noch keine Handys und einen Fotoapparat hatte ich aber dabei, wie du gleich sehen wirst. Aber hört weiter.

Wir fliegen in Eishöhlen und Berggrotten hinein und hier scheuchen wir viele, viele Fledermäuse auf, die uns begleiten und wie ein Tross hinter uns herfliegen.

Die Einhörner scheinen den Weg zu kennen und die Prinzessin zwitschert nur hin und wieder wie ein Vogel und wendet sich an Ville: „Von hier aus müssen wir noch einen Stern mitnehmen der uns leuchtet! Ich bekomme ihn von oben, er kommt zu uns, wenn wir ihn brauchen!" Ville ruft begeistert aus: „Whow, das ist ja wunderbar! Yippih!" Die Prinzessin schaut ihn verwundert an und ruft dann auch: „Yippih!" Sie hat wohl verstanden, dass das ein Ausruf der Begeisterung ist.

„Kinder!", meint Jürgen etwas abfällig und versucht sich bequemer hinzusetzen, aber durch das Sausen in Bögen durch die Hallen und Grotten,

fällt er immer wieder zurück in seine alte Sitzposition. „Das ist ja schlimmer als in einer Achterbahn. Nicht mal richtig hinsetzen kann man sich!", meckert Jürgen.

„Nun bleib doch mal ruhig. Du siehst doch, dass das nichts bringt. Genieße die Aussicht. Das wird dir so schnell nicht wieder geboten!" Aber das von mir Gesagte verhallt im Fahrtwind und Jürgen scheint es auch nicht wirklich gehört zu haben.

Inzwischen ist der Stern erschienen und fliegt weit über uns voran. Wir biegen in Kristallhallen ein, die in dunklen, aber heller werdenden Gelbtönen leuchten, die Farben verteilen sich über die Wände in verschiedenen Farbintensitäten. Auch über die Decke und den Fußboden laufen die Farberscheinungen. Schon geht die Reise mit uns weiter durch ein Höhlenlabyrinth mit roten und blauen Edelsteinen, die in den Wänden farbenfroh aufblitzen, erstrahlen und glitzern und wieder hören wir von der Prinzessin ihr neu erlerntes Wort: „Yippih!" Die Wände selber leuchten in den herrlichsten Rot- und Orangetönen. Rote und blaue Streifen durchziehen die Wände, die Decke und den Fußboden. Alles glänzt auf und funkelt. Manchmal sieht es aus wie ein Sonnenaufgang, mal wie ein Sonnenuntergang oder wie Gewitterstimmung, die dann in anderen Höhlen in Blautöne oder violette Töne übergehen.

Die Schatten der Fledermäuse malen eine Art Wolke oder andere bizarre Gebilde an die Wände. Manchmal tönt es in den Grotten wie Orgeltöne, wenn wir an Stalaktiten vorbeikommen, der leichte Wind versetzt sie in Schwingung. Oder es klingt wie Regen, wenn der Schwarm der Fledermäuse direkt über uns hinwegfliegt. Hin und wieder ziehen wir dann die Köpfe ein, aber wir werden nicht von den Fledermäusen berührt.

Das Gefährt macht wieder einen Bogen und das Licht des Sterns glitzert in den Stalakmiten und Stalaktiten und auch als wir eine Runde in der Höhle beendet haben und wohl wieder zurückfliegen, glitzert der Schnee wie Milliarden Diamanten und die Eiszapfen leuchten innen wie von Lampen beleuchtet. Alles wirkt wie ein riesiges beleuchtetes Fest. Wir rasen mit der fliegenden Kutsche wie durch ein unwirkliches berauschendes Märchenland. Die Schneekristalle werden aufgewirbelt und umfangen uns wie ein glitzernder Mantel. Es fühlt sich wie ein riesiger wunderschöner Konfettiregen an, wenn er uns ins Gesicht weht. In manchen Höhlen hören wir wieder die Stalaktiten, die durch den Fahrtwind in Schwingung geraten und wie die Röhren eines großen Röhrenxylophons erklingen. Manchmal fällt ein Eiszapfen auf die Erde und das klingt wie ein Tusch von einem Schlagzeug. Wieder macht der Schlitten eine Kurve und weißes Eis wird erleuchtet und wie mit Diamanten übersät glitzert es weiter vor uns. Wir hören überall leise Musik. Ville fragt: „Woher kommt die Musik, Prinzess?" „Die Musik ist die Schwingung der Felsen und Halbedelsteine, sowie der Edelsteine, der Stalaktiten und Stalakmiten. Je nachdem wie sie angeleuchtet werden, ändern sie ihre Schwingung. Das ist die Musik, die du hörst."

Das Schloss kommt wieder in Sicht und die kleinen weißen Drachen fliegen wieder auf, als sich die Kutsche nähert. Wir durchfliegen ein großes Tor und der Stern schwebt noch höher über den Eispalast hinweg. Wir sind wieder im Schloss. Die Kutsche durchfliegt die Räume des Schlosses, denn die Tore sind alle offen. Der Stern leuchtet uns nicht mehr. Er ist nicht mehr zu sehen. Aber die Fledermausschwärme folgen uns weiterhin.

Würdevoll wartet der Sekretär Hofmarschall auf uns, als wir in unserem Raum zum Stillstand kommen. Als die Kutsche steht, wendet er sich an die

Prinzessin: „Eure Prinzess, Ihr wisst, dass unsere allseits geliebte Hoheit der König es nicht wünscht, wenn ihr so schnell im Schloss herumfahrt und die Dunkelbewohner mit hier ins Schloss nehmt. Ich erbitte ergebenst, dass ihr langsamer fahrt und die Tiere sofort wieder zurück in ihr Reich schickt."

„Ja, ist ja schon gut. Mit Besuchern macht man es so. Ich bin ja nicht alleine gefahren. Besuchern muss man etwas bieten. Das ist kein normaler Tag. Das solltet Ihr aber wissen, Herr Hofmarschall!"

Mit einem fast unhörbar hohen Ton schreit sie die Fledermäuse an und der Schwarm erhebt sich und fliegt durch das Tor hinaus, begleitet von einem: „Yippih!", der Prinzessin.

Kralli verbeugt sich vor der Prinzessin: „Ich danke Euch Prinzess!" Er watschelt hinaus und wir steigen langsam aus der Kutsche aus. Ich komme mir vor als hätte ich gerade einen Test als Jet Pilot absolviert. „Wie fühlt ihr euch, hat es euch Spaß gemacht? Mir schon, trotzdem ist mir jedenfalls kalt und ich habe Hunger!" Auf meine Frage antwortet mir Hans: „Es ist zwar ein ungewöhnlicher Zeitpunkt, aber die Fahrt mit dem Schlitten war einfach berauschend. So etwas habe ich noch nicht erlebt und es wird mir keiner glauben. Ich bin einfach nur begeistert!" Hans schaut mich erregt an und meint noch: „Okay, Hunger habe ich auch. Ich brauche jetzt dringend etwas Warmes!" „Du sagst es", muffelt Jürgen.

„Mein Freund, ich verlasse dich und deine Begleiter nun und bereite mich auf das Kommen meiner Eltern vor. Ihr werdet sofort bewirtet und ruht euch aus von der Fahrt. Wir sehen uns später. Es war schön mit euch!" Ihr Gesicht zeigt so etwas wie Freude. Mit diesen Worten steigt die Prinzessin wieder in ihre Kutsche und fliegt durch die offene Tür davon. Die Eisblumen verschwinden wieder. Es sieht so aus, als wenn die Eisblumen hinterherlaufen.

Ich habe unterdessen die Einhörner betrachtet, weil ich mir nicht vorstellen konnte, dass sie wirklich echt sind. Ich dachte an Pferde mit aufgeklebtem Horn oder ähnlichem. Aber sie waren echt und Pferde hätten auch nicht fliegen können. Ihr Körperbau war edel und rassig. Mir ist nur völlig unklar wie sich solche Tiere, die die Freiheit verkörpern, sich in ein Zaumzeug spannen ließen. Vielleicht tun sie es aus Liebe, das könnte ich verstehen. Ich kann es mir nicht erklären, es ist alles zu unwirklich. Ich grübele und streiche mir unbewusst meinen Bart. Aber wir haben es alle gesehen. Es ist also wie es ist. Ich drehe mich zu meinen Freunden um und frage: „Die Prinzessin wird freundlicher, findet ihr nicht auch? Ich glaube, sie will uns nicht mehr einfrieren. Außerdem kommen die Eltern. Da bin ich mal gespannt, wie die sich verhalten. Jedenfalls hatten die uns freundlich begrüßt und uns Räumlichkeiten gegeben, in denen wir überleben können. Ich fange an mir immer weniger Sorgen zu machen." „Der drei D-Film eben war jedenfalls Klasse. Besser als jeder Kinofilm. Ich mache mir keine Sorgen. Wenn es soweit ist, ist es immer noch Zeit genug dafür." Ville hat gesprochen. Er ist jung und hat es schnell überwunden. Sehr gut, denke ich mir.

Die Tür öffnet sich wieder und die Kompanie der Pinguine mit dem Essen marschieren ein. Wir gehen aus dem Weg, damit die kleinen Diener an den großen Eistisch herankommen können. Es geht wieder alles blitzschnell, die Pinguine sind schon wieder auf dem Rückmarsch.

„Okay, Männer lasst uns essen, bevor es anfriert!" Das hätte ich mir eigentlich sparen können, denn die drei sitzen schon am Tisch. „Das Essen ist heute wärmer als gestern. Ich bin begeistert!" Ich bin erstaunt über Jürgens Freudeausbruch. Eben nach der Reise in der Kutsche war er noch muffelig und jetzt Begeisterungsausbrüche. Die Eiseskälte macht uns allen zu schaffen und sorgt für Emotionsausbrüche. „Dann lang mal ordentlich zu, Jürgen!", spornt ihn Hans an. Ville ist wieder schweigsam. Er hat wahrscheinlich doch noch einiges zu verdauen, denn er saß vorne in der Kutsche und hat alles noch intensiver erlebt als wir hinter ihm.

Jürgen meint, während er am Kauen ist: „Wir haben wieder vergessen diesen Hofbeamten, oder wie der heißt, nach dem Fuhrminister zu fragen." „Er heißt Hofmarschall!" „Okay, dann eben Hofmarschall. Jedenfalls ist er weg und wir wollten ihn noch fragen." „Das können wir gleich nach dem Essen machen, du brauchst nur auf die Mitte des Tisches zu tippen, dann wird er wiedererscheinen und dich nach deinen Wünschen fragen. Ich wette mit dir, dass er noch nicht mit ihm gesprochen hat, weil das Königspaar wieder anreist. Da hat er viel zu tun, oder so ähnlich!" „Ne, ich wette nicht mit dir, ich bin gleicher Ansicht wie du! Aber fragen werde ich, ich will es genau wissen. Aber lass uns erst essen. Ich will euch nicht davon abhalten. Nicht das ihr mir verhungert und ich war dann daran schuld." „Natürlich du, wer sonst!", kommt es zurück von Hans. „Wenn es nicht so kalt wäre, würde mir die Sache richtig Spaß machen. Aber diese dauernde Kälte ist nichts für mich. Wie ist es mit dir Ville. Macht dir die Kälte nichts aus?" „Jürgen, ich lebe hier in diesem Land und Kälte gehört dazu. Ich bin es gewohnt mal einige Stunden oder sogar Tage in der Kälte zu sein. Hier in diesen Räumen ist es ja wie in einem Iglu. Relativ warm. Nein, ich würde sagen, mir macht es nichts aus, um deine Frage zu beantworten." „Ville, wir kennen auch die Kälte, wenn wir durch das Nordmeer fahren und hin und wieder auch mal das Schiff vom Eis befreien müssen, weil die Wellen über Bord spülen und alles an Bord vereist. Aber wir können nach einigen Stunden Arbeit immer wieder in die Kajüte, also in das Schiff gehen und dort ist es immer warm durch die Wärme der

Schiffsmaschinen. Aber so Tag und Nacht, immer nur Kalt. Nur im Bett ist es wärmer, das ist nicht wirklich etwas für mich. Nein, ich will so schnell wie möglich hier weg, zurück aufs Schiff!" Jürgen redet sich den Frust von der Seele. Ich kann ihn verstehen. Immer nur Kälte ist auch für mich nichts auf die Dauer.

Wir beenden das Essen. „Seid ihr alle fertig?" Alle nicken, dann werde ich nun Rats rufen, er kann die Reste haben, wenn er will. „Rats, hier ist Fressen, wenn du magst!"

Wo Rats hergekommen ist, ist mir nicht klar. Auf einmal ist er da und krabbelt über meinen Schoß auf den Tisch. „Nimm dir, was du magst. Wir sind satt."

Rats lässt sich nicht lange bitten und nimmt einiges ins Maul und verschwindet wieder in einer Wand. Kurz darauf ist er wieder da und bringt das Nächste in Sicherheit. Wie von Geisterhand öffnet sich die Tür und die Küchenmannschaft der Pinguine marschiert wieder ein und räumt den Tisch ab.

Jürgen wartet, bis die Pinguinmannschaft wieder draußen ist und tippt demonstrativ auf den Mittelpunkt des Tisches. „Jetzt will ich doch mal sehen, was er zu sagen hat! Der Herr Sekretär Hofmarschall." Rats ist nicht mehr zu sehen und zu hören.

Die Tür öffnet sich wieder und Kralli kommt herein. „Sie haben geläutet. Was kann ich für Sie tun?"

„Herr Sekretär Hofmarschall, haben Sie mit dem Fuhrminister gesprochen. Was sagt er?"

„Meine Herren, unser aller geliebte Majestät der König und die Königin kommen heute hierher zurück. Der ehrenwerte Fuhrminister lässt Sie bitten noch so lange zu bleiben, bis unsere Majestäten wieder hier sind, da sie extra für Sie ihre Reise abgebrochen haben um Sie kennen zu lernen. Wenn Sie alle die Güte hätten noch so lange zu bleiben. Danach, wird der ehrenwerte Fuhrminister Sie gerne zu Ihrem Lager zurückbringen, oder wohin Sie immer wollen."

„Wie lange sind wir eigentlich schon hier, unsere Uhren gehen nicht, oder nicht richtig. Ich habe das Gefühl für die Zeit verloren", fragt Hans.

„Machen Sie sich keine Sorgen um die Zeit. Hier im Schloss gibt es keine Zeit. Wir werden Sie zu dem Zeitpunkt wieder zu ihrem Lager bringen, den Sie wünschen. Da gibt es kein Problem. Haben Sie noch Fragen, oder kann ich dem Fuhrminister sagen, dass Sie noch die Ankunft der Majestäten abwarten?"

„Herr Sekretär Hofmarschall, wir werden uns beraten und Ihnen dann Bescheid geben. Lassen Sie uns ein wenig Zeit in der Zeitlosigkeit!"

„Natürlich, wie Sie wünschen! Brauchen Sie mich noch?"

„Nein, danke, wie gesagt. Wir werden Sie informieren!"

„Sehr wohl!" Der Herr Hofmarschall wendet sich um und geht aus dem Zimmer.

„Ich denke, unsere Probleme sind keine Probleme. Wir sind also doch Gäste und werden so behandelt wie wir es wünschen. Wie wollen wir uns entscheiden, wollen wir auf die Majestäten warten oder sofort abreisen?"

„Ja, also..." „Ich glaube, wir wollen warten. Wenn wir jetzt abreisen, werden wir die Majestäten nie kennenlernen. Das wird uns ewig leidtun. Also, ich bin dafür zu warten!" „Hans, kann ich jetzt auch mal was sagen?" „Sag schon, Jürgen!" „Wenn das stimmt, was uns Kralli gerade erklärt hat, dann verlieren wir keine Zeit dadurch, dass wir warten, weil wir hier in der Zeitlosigkeit sind.

Ich bin auch dafür zu warten." „Ville, wie ist es mir dir?" „Wenn wir keine Zeit verlieren, dann ist es mir auch recht, wenn wir warten."

„Gut, dann sind wir uns alle einig." Ich tippe in die Mitte des Tisches und der dezente Gong ertönt.

Kurz darauf öffnet sich die Tür und Kralli kommt in den Raum. „Sie haben geläutet. Was darf ich für Sie tun?" „Wir wollen Sie über unseren Beschluss informieren. Wir werden natürlich solange bleiben, bis die Majestäten eingetroffen sind. Danach wollen wir aber schnellstens abreisen."

„Sehr wohl. Wie die Herren wünschen. Es wird nicht mehr lange dauern und unsere Majestäten werden unser Schloss erreichen. Wenn die Trompete ertönt, werden die Majestäten das Schloss erreicht haben. Ihre Majestät, die Prinzess wird Sie informieren." Eine leichte Verbeugung und Kralli verlässt wieder den Raum.

„Jetzt bin ich aber gespannt. Unser Hofmarschall macht es aber sehr spannend. Die Prinzessin wird uns informieren. Wunderbar, dann kann sie uns auch gleich sagen, wie man sich verhält."

Wir sehen, wie sich der Eisblumenteppich wieder über den ganzen Fußboden und die Wände ausbreitet. „Die Prinzessin!"

Die Tür öffnet sich und die Prinzessin tritt ein. „Meine Freunde, meine Eltern kommen jetzt zurück ins Schloss. Wir wollen ihnen die Ehre bereiten und sie begrüßen. Ville, kommst du zu mir und die anderen Herren werden uns bitte folgen." Sie hakt sich bei Ville ein und die beiden verlassen den Raum und bleiben mitten auf dem riesigen Flur stehen. Ein Klingeln wie von einem Windspiel liegt in der Luft. Eine Trompete ertönt plötzlich. Danach folgt ein leises Brausen und in gemächlichem Tempo erscheint eine silberne Kutsche mit sechs Einhörnern und hält direkt auf dem Flur vor uns. Die Einhörner schnauben ein wenig und als sie uns sehen tänzeln sie etwas scheu. Kralli tritt an die Kutsche und klappt den Tritt herunter. Der Verschlag der Kutsche öffnet sich und der König tritt auf die Stufen und verlässt die Kutsche, bleibt stehen und gibt seiner Frau die Hand. Die Königin verlässt nun auch die Kutsche. Sie ist eine märchenhaft schöne Frau und wir alle sind fasziniert und können kaum den Blick von ihr wenden. Die Prinzessin läuft auf ihre Mutter zu und wird in den Arm genommen. Auch der Vater begrüßt sie sehr liebevoll.

Der König kommt auf uns zu und sieht uns interessiert an. „Ich freue mich Ihre Bekanntschaft zu machen. Ich hoffe, Sie sind zuvorkommend behandelt worden. Kommen Sie, ich stelle Sie meiner Frau, der Königin vor."

Er tritt auf seine Frau zu. „Liebling, darf ich dir unsere Gäste vorstellen?"

Nach der allgemeinen Begrüßung geht der König mit seiner Frau in unseren Raum und sieht sich um. Er fragt in den Raum: „Rats, wo bist du?" Sofort antwortet eine Stimme und wir sehen Rats auch schon auf den Tisch springen.

„Hier, eure Majestät!"

„Erzähl mal, wie es in der Zeit als wir nicht da waren, gewesen ist."

„Eure Majestät, darf ich mich erst einmal zurückverwandeln? Es ist sehr unbequem in diesem Körper!"

„Ja, nun mach schon, erzähl. Wir sind schon gespannt!"

Rats wächst und wird immer größer, bis er wie ein kleiner Mensch aussieht.

„Liebe Gäste, darf ich euch meinen Sicherheitsminister vorstellen. Er heißt tatsächlich Rats und informiert mich immer, wenn wir verreist waren.

„Nun, eure Majestät. Da Ihr eure Tochter zum ersten Mal alleine gelassen habt, weil sie schon fast erwachsen ist, gab es doch ein paar Dinge, die unrund liefen. Zuerst hat sie diese unsere Gäste mit hierhergebracht. Zudem hat sie noch gesagt, dass sie diese unsere Gäste einfrieren wolle. Wie Jugendliche so sind, benutzen sie ihre eigene kreierte Sprache und denken sich nichts dabei. Mir war klar, dass sie mit einfrieren meinte, dass unsere Gäste hier ein Gästezimmer bekommen. Für unsere Gäste war es aber missverständlich. Es war für unsere Gäste auch zu dunkel und wahrscheinlich auch zu kalt, denn sie wollten Sonne in diesen Raum haben."

Kaum hat Rats das gesagt, wird es sehr viel heller im Raum und die Sonne scheint durch das Loch in der Decke, genau auf die Prinzessin. Die Prinzessin schaut nach oben und wird ganz rot im Gesicht, dann schüttelt sie sich und schaut ihre Mutter an: „Mama, ich will, das Ville bei mir bleibt. Wir haben viel Spaß gehabt und ich möchte ihn als Spielgefährten haben. Du erlaubst es doch! Er kennt auch schon das Schloss und unseren Garten hat er auch schon gesehen. Er wird sich hier zurechtfinden können."

„Schätzchen, das geht leider nicht. Schau, Ville könnte hier auf die Dauer nicht leben. Für ihn ist es zu kalt hier. Er würde dich so oder so bald verlassen, denn wie gesagt, er könnte hier auf die Dauer nicht leben."

„Mama, aber ich mag ihn sehr. Ich möchte wirklich, dass er bleibt! Wirklich!"

Die Königin geht auf ihre Tochter zu und nimmt sie in den Arm: „Schätzchen, wir werden für andere Spielgefährten sorgen. Ville muss wieder gehen. So ist es nun mal."

„Ich will aber, dass er bleibt. Er ist so lieb. Bitte, Mama. Ich habe noch nie so einen Freund gehabt. Ich habe auch ein neues Wort gelernt. Bitte."

„Luana, Schätzchen, du musst dich jetzt von ihm verabschieden. Sei lieb!"

„Iiiihh, nein, ich will, dass er bleibt. Ich will, dass er bleibt. Mama!"

Tränen laufen der Prinzessin über das Gesicht und fallen auf den Boden, wo sie wie kleine Diamanten in tausend Stücke zerplatzen. „Nein, nein, nein!" Die Prinzessin läuft hinaus.

Der König sagt erklärend: „Ihr müsst verstehen, dass sie noch sehr jung ist. Sie ist erst Hundertzwanzig Jahre alt. Bei euch wäre sie so ungefähr erst vierzehn gewesen. Verzeiht ihr, sie wusste es nicht besser. Wir lassen euch jetzt wieder zu eurer normalen Route bringen mit euren Schlitten, so dass ihr in eurer Welt keine Zeit verloren habt. Ihr werdet am richtigen Tag euer Ziel erreichen. Noch etwas. Da unser Schloss in der Zeitlosigkeit liegt, ist es in eurer Welt nicht zu erkennen. Wir werden uns also nicht wiedersehen. Wir wünschen euch alles Gute in eurem Leben. Behaltet uns in guter Erinnerung. Rats, ist alles vorbereitet?" „Ja, der Fuhrminister weiß Bescheid. Wir können starten."

Kaum hatte Rats es ausgesprochen, standen wir schon auf unseren Schlitten und die Huskys bellten uns zum Willkommen an. Sie zogen die Schlitten und wir folgten unserer alten Route. Natürlich kamen wir heil, gesund und zur rechten Zeit wieder am Ufer an und bestiegen unser Boot. Ville bekam seine Unterschrift und wir fuhren hinüber zu unserem Schiff. Was soll ich noch viel erzählen. Einige Jahre später traf ich Ville in Kopenhagen wieder. Er war inzwischen ein erfolgreicher Maler und verkaufte seine Bilder zu hohen Preisen. Aber er malte immer nur ein Portrait von der gleichen Frau. Allerdings so gekonnt, dass sie bei allen Käufern sehr begehrt waren.

Als ich eines der Bilder in Kopenhagen sah, erkannte ich sie sofort wieder, es war die Eisprinzessin. Soweit ich weiß, hat er nie darüber gesprochen, wer denn diese Frau ist, die er immer malt. Ich glaube, er hatte sich in sie verliebt und deshalb erschuf er sie in seinen Bildern immer neu, sein Leben lang.

So, nun müsst ihr aber schlafen. Bis morgen, und wenn ihr schön geschlafen habt, dann erzähle ich euch morgen noch eine Geschichte. Schlaft gut!"

Käpt'n Kuddel ist ein alter Seebär, der sein ganzes Leben auf See zugebracht hat. Nun erzählt er seinem Enkel seine Erlebnisse und übertreibt natürlich gerne und hin und wieder flunkert er auch so, dass sich die Balken biegen. Ein lustiges, nicht ernst zu nehmendes, kleines Buch über die Unmöglichkeiten der Seefahrt. Nur in einer Hafenstadt, wie Bremerhaven es ist, gibt es solche urigen, liebenswerten Menschen. Für alle Kinder und Erwachsene, die Kind geblieben sind.

ISBN: 9 783759 76938 1

Käpt'n Kuddel ist ein alter Seebär, der sein ganzes Leben auf See zugebracht hat. Nun erzählt er seinen Enkeln seine Erlebnisse und übertreibt natürlich gerne und hin und wieder flunkert er auch so, dass sich die Balken biegen. Diese Mal erzählt er die Geschichte von dem Schatz auf der Nebelinsel. Ein heiteres und spannendes, nicht ernst zu nehmendes, kleines Buch über die Unmöglichkeiten der Seefahrt. Nur in einer Hafenstadt, wie Bremerhaven es ist, gibt es solche urigen, liebenswerten Menschen. Für alle Kinder und Erwachsene, die Kind geblieben sind.

ISBN: 9 783759 71988 1